391

3

m

30

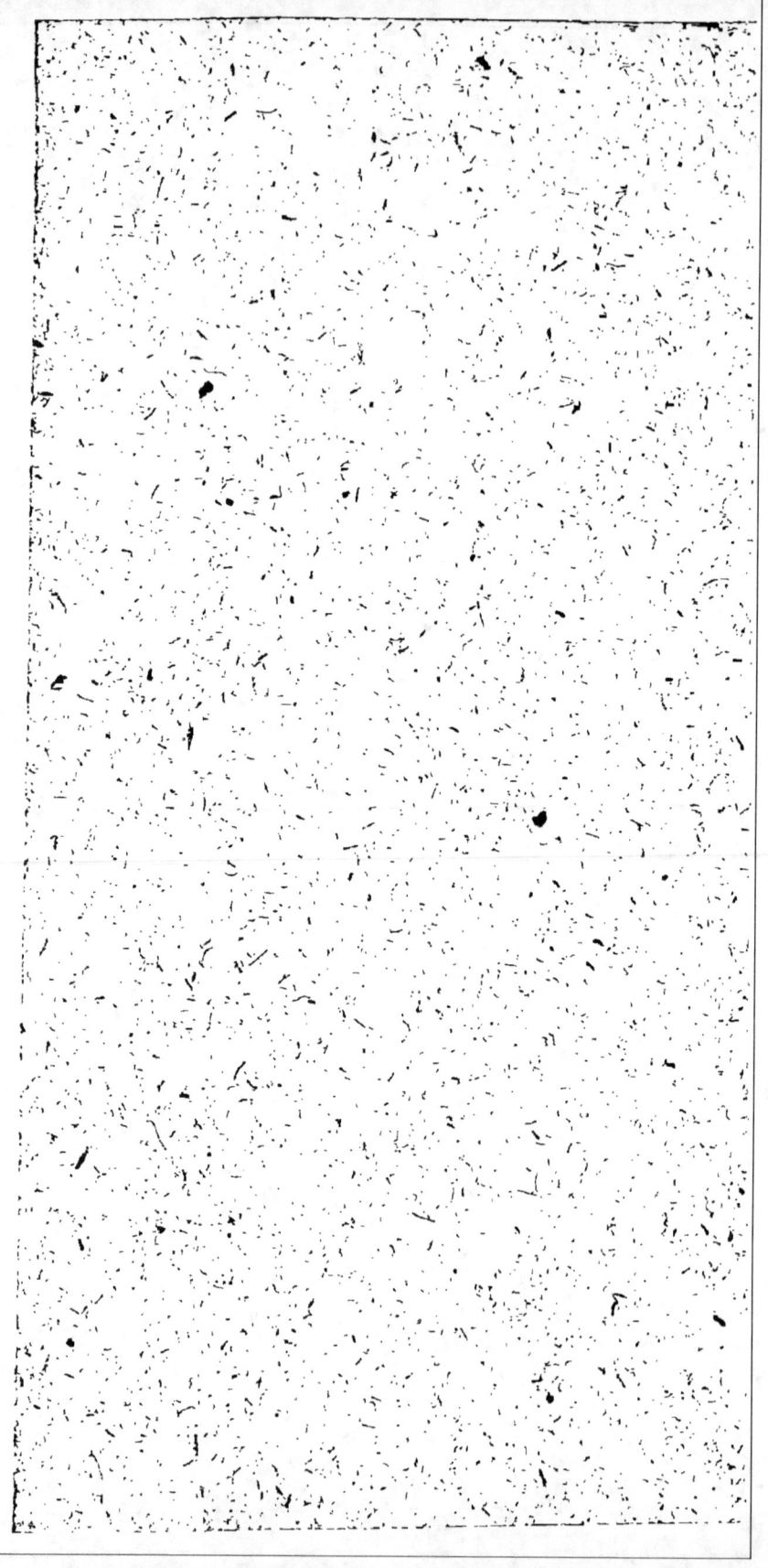

ANECDOTES
GALANTES,

OU

LE MORALISTE

A LA MODE.

Joseph Hacot

ANECDOTES GALANTES,

OU

LE MORALISTE

A LA MODE.

Par M. J. Ha * * *.

Ut nemo in sese tentat descendere,
nemo!

Pers. Sat. IV. 23.

FRANCFORT et LEIPSIC,
chez Knoch & Eslinger.
MDCCLX.

A MONSIEUR
THOREL
DE CAMPIGNEULLES,

Ecuyer, Seigneur de Campigneulles, & autres lieux, ci-devant Garde du Corps du Roi, Membres des Académies Royales d'Angers, Caen, Villefranche, &c.

MONSIEUR,

Presque tous les Livres sont dédiés aux grands ou aux riches; les Auteurs cherchent sans doute à se procurer la protection des uns, ou à puiser chez les autres

A 3
des

des *secours nécessaires. D'après le plan de vie simple que je me suis tracé, je n'ai pas besoin de la considération des grands, & moins encore de celle des favoris de la fortune. Un patrimoine honnête, & peu d'ambition, me dispensent de suivre cette coutume; il m'est bien plus doux, en ne suivant que mon goût & mon inclination, de vous dédier, Monsieur, ce petit Ouvrage, prémice de ma plume, & de vous donner par-là une preuve convaincante de la reconnoissance que m'inspirent les marques d'amitié dont vous m'honorez. Le peu de mérite de l'Ouvrage, la réputation dont vous jouissez, m'ont long-temps arrêté. Je sçais que si on est flatté de se voir dédier un Livre, on en rougit quand ce Livre n'a pas un certain mérite.*

rite. Mais peut - on empêcher qu'on ne mette à la tête d'un mauvais Ouvrage le nom d'un Auteur connu. Celui de l'illustre Mr. de Voltaire paroît bien au commencement du Tremblement de terre de Lisbonne (*). L'Auteur le traite même assez indécemment de son Confrere. Voilà, MONSIEUR, votre excuse toute prête. Je me prescris d'ailleurs de justes bornes ; je ne marche pas votre égal, & je ne me le dis point. Au surplus votre réputation est faite ; quand dans son aurore on a pour soi tant de témoins irréprochables de ses talens, qu'on joint à la délicatesse du goût, la profondeur

A 4 *du*

(*) Tragédie du Sr Andrê, Perruquier.

EPITRE.

du sçavoir ; quand enfin on est en même-temps & Poëte aimable & bon Philosophe, on n'a rien à redouter de la critique la plus sévére.

J'espere donc, MONSIEUR, que vous ne trouverez pas mauvais que mon Ouvrage paroisse sous vos auspices.

J'ai l'honneur d'être avec une estime distinguée,

MONSIEUR,

Votre très-humble & très-obeïssant serviteur,

J. Ha......

AVERTISSEMENT.

Une Préface eſt à un Livre, ce qu'eſt un Frontiſpice à un Palais. Ce Frontiſpice annonce la majeſté du lieu, la beauté des appartemens, & invite le paſſant á les voir ; de même une Préface donne une idée avantageuſe d'un Livre, & jette dans l'eſprit du Lecteur un deſir impatient de le parcourir ;

A 5

rir;

AVERTISSEMENT.

rir ; l'un & l'autre font des appas fouvent trompeurs. Il arrive en effet que l'intérieur d'un Edifice ne répond pas toujours à l'extérieur, & qu'un Auteur ne tient pas dans le cours de fon ouvrage tout ce qu'il á promis en débutant; alors un Lecteur févére ne manque pas d'être de mauvaife humeur, & de pefter contre le trop préfomptueux Ecrivain: pour éviter cet inconvenient, je fais grace d'une Préface. Je n'entends cependant pas les critiquer toutes ; je fçais qu'il eft tels Livres dont les Préfaces font d'excellents morceaux

de

de Littérature, où font établis avec autant de clarté que d'é-rudition, les motifs qui ont déterminé à les entreprendre ; l'ordre qu'on a fuivi, & les difcuffions qui n'auroient pû paroître dans le corps de l'ouvrage, fans en rallentir la marche & refroidir l'intérêt.

Quant à moi, ce que j'offre aujourd'hui au Public n'étant point de nature à exiger un préambule, j'ai feulement à dire que c'eft en partie le fruit d'une Société commencée en l'année 1757. entre quatre jeunes gens. J'ai ouvert la pre-

miere

miere féance, & il étoit dans l'ordre que je fiffe un discours, (on en trouvera le précis à la fuite de cet Avertiffement.)

Chacun donnoit un petit Ouvrage tous les mois : j'ai recueilli les miens, j'en ai fait un tout que j'ai la témérité de produire au grand jour. C'eft une imprudence ; mais je ne fçaurois tenir plus long-temps, je l'avoue, contre l'envie d'être imprimé. On verra que je me fuis fouvent occupé à faire voir combien il eft dangereux de s'abandonner à un amour déréglé & illégitime. J'ai tracé quelqu'u-

AVERTISSEMENT.

qu'unes de ſes funeſtes ſuites ;
peut - être y ai - je mal réuſſi ;
peut - être ma plume indocile n'a
pas toujours ſecondé mon intention. Mais peut-être auſſi eſt-il
bien des défauts qu'on pardon-
ne à un Auteur de vingt ans ?
Un Ouvrage enfin auquel on ne
travaille que par intervalle, que
par *ricochet*, ne ſçauroit être plus
que paſſable ; ſi le mien eſt de ce
nombre, je ſuis content.

Bien des gens trouveront ſans
doute le titre de *Moraliſté à la
Mode*, trop important ; je l'ai ſen-
ti moi-même ; mais un homme
connu dans la République des

Let-

AVERTISSEMENT.

Lettres, m'a affuré qu'il convenoit au ftyle & a la nature de ma morale. Si le Public s'en plaint j'aurai un garant.

PRÉ-

PRÉCIS DU DISCOURS,

De M. Ha.... à ses Confreres sur la nécessité de l'étude.

MESSIEURS,

On ne sçauroit trop applaudir à l'idée que nous a fournie M. L.... de former entre nous une *espéce* de Société Littéraire ; nous n'étions pas à nous appercevoir de son goût pour les Sciences : il nous en donne aujourd'hui une preuve complette ; mais ce feroit peu pour lui & pour nous d'avoir conçu un si noble dessein, si nous ne l'exécutions pas. Qu'il me soit permis, Messieurs, de vous faire envisager aujourd'hui l'utili-

té

té qui en réfultera pour chacun de nous.

Nous fommes tous dans un âge où la force des paffions bannit la trop auftére raifon. On cherche à s'amufer, & non à s'inftruire, fi on s'applique, c'eft tout au plus à chercher dans la variété des plaifirs, cette pointe & ce piquant que l'habitude émouffe.

Cet âge cependant eft le plus propre à l'étude; les connoiffances qu'on y acquiert, laiffent dans des cerveaux encore tendres & flexibles, des impreffions ineffaçables qui deviennent des reffources infinies dans un âge plus avancé. Quand d'ailleurs on ne s'applique

point

point tout jeune, il eſt moralement
impoſſible qu'on le faſſe jamais; on
pris ſon pli; ce n'eſt pas quand un
arbre eſt parvenu à une certaine
groſſeur, qu'il eſt temps de le re-
dreſſer, il réſiſte alors à la main
qui le preſſe; il a pris ſon pli.

Familiariſons-nous donc, Meſſi-
eurs, de bonne heure avec les Sciences, & quittons des faux plaiſirs
qui cauſent tôt ou tard des remords cuiſants & des plaintes inu-
tiles. Nous gagnerons beaucoup
en nous épargnant tant de maux
réels. Il eſt encore un autre avantage que je vais établir.

En quittant ces prétendus plaiſirs, & en ſuivant le plan que nous
nous

nous sommes proposé, chaque se-
maine và voir éclore différentes
productions suivant nos goûts. E-
pris d'une noble émulation, chacun
voudra briller dans son genre, &
pour y parvenir, néceffairement on
travaillera. Les écarts dans lefquels
les uns pourront donner, feront
redreffés par les autres. La politeffe & la fincérité préfideront á la
critique; ce qui produira peu à
peu de la juftesse dans les idées, de
la folidité dans le jugement, &
conféquement un avantage confi-
dérable pour chacun de nous. C'eft
précisément ce que je m'étois pro-
pofé de démontrer.

ANECDOTES GALANTES,

OU
LE MORALISTE
A LA MODE.

Inconséquence d'une jolie Femme.

Que vous êtes inconséquente, aimable Elvire! Que vous connoissez peu ce que vous valez! Votre beauté, vos talens vous ont toujours attiré les hommages des gens aussi distin-

distingués par leur rang que par
leurs mœurs : vous pouviez choi-
sir un Epoux entr'eux, plus d'un
vous a offert son cœur & sa main ;
aujourd'hui que vous ête aussi belle, que vous n'avez pas moins
d'esprit, vous vous dégradez
vous-même, vous insultez à vos
appas, en éloignant de vous tous
ceux qui vous estimoient réellement, pour vous jetter entre les
bras du brutal Crisippe, autant
méprisable par sa conduite que
par son état, qui ne connoît ni
les douceurs de votre entretien,
ni le prix des *faveurs qu'on dit*
que vous lui prodiguez. D'où
vient cette inconséquence, belle
Elvire ? pourquoi vous perdez-
vous ainsi de réputation ? igno-
rez-vous que c'est une fleur dé-
lica-

licate, qui ne renaît plus dès
qu'elle a été flétrie, que le renou-
vellement de faifon qui reproduit
celles dont on vous voit fouvent
parée, anéantit l'autre de plus en
plus ? fçavez-vous d'ailleurs que
le public penfe très-mal de votre
conduite ? je ne vous le diffimu-
lerai pas ; on dit par-tout que fa-
tiguée de ne foumettre que des
cœurs vertueux, vous avez cherché un homme qui pût, par des
qualités d'une autre nature ; vous
dédommager du temps que vous
avez cru mal employé avec eux.

Ce reproche va fans doute vous
irriter ; il eft cependaut exact, je
ne fuis que l'écho de tout Paris.
Ne vous imaginez pas que ce foit
l'envie de vous nuire qui l'ait in-
venté, perfonne ne vous a efti-
mée,

mée, & ne vous eftime même encore autant que moi. En vous
faifant part des difcours publics,
tout mon but eft que vous les faf-
fiez ceffer; aimez-vous donc affez vous-même, je vous en con-
jure de la meilleure foi du monde, pour couper racine à des
propos auffi injurieux; je dirai
plus, auffi flétriffants pour une
femme à fentiments. Montrez
que fi avec des principes on peut
quelquefois errer, la raifon éclip-
fée pour un temps, ne doit pas
tarder à reparoître.

D'ailleurs ce Crifippe que vous
fubjuguez aujourd'hui, a une
compagne à laquelle il eft attaché
par les liens les plus facrés: il lui
doit tout fon amour, toute fon
eftime, elle en eft plus que digne;
cepen-

cependant vous lui enlevez son
Epoux; la fidélité qu'il lui a ju-
rée à la face des Autels, vous la
lui faites violer; vous êtes cause
qu'il vit mal avec elle depuis qu'il
vous connoît; ses mains ne font
plus que les instruments de sa fureur, & sa bouche ne s'ouvre pas
que pour l'accabler d'invectives.
Son visage, cette partie si noble
& si respectable, quand elle ne
reçoit que l'empreinte d'un amour
légitime, ou d'une estime méritée,
porte par-tout des témoignages
parlants des excès ausquels le livre sa barbare jalousie; car ne
vous y trompez pas, Elvire, il
n'est pas d'hommes plus jaloux
& qui exigent plus de fidélité d'u-
ne femme que ceux qui ressem-
blent à Crisippe; ils veulent ty-
ranni-

ranniquement qu'on leur conferve ce qu'ils prodiguent tous les jours.

Ce n'eft pas tout, vous caufez la ruine de fa maifon, & celle de plufieurs enfans plongés encore dans l'infenfibilité, qui eft l'appanage de leur âge; vous les rendez les victimes innocentes de vos déréglemens. Repréfentez-vous aujourd'hui les juftes plaintes que l'Epoufe de Crifippe eft en droit de vous faire, celles de fes enfants lorfqu'un âge plus avancé leur fera connoître la caufe & l'objet de leur indigence: quel déluge de malédictions ne vos fouhaiteront-ils pas?

Prévenez de fi cruelles extrêmités; il eft toujours temps de rentrer dans fon devoir, plutôt tard que jamais; c'eft mon principe.

Au-

Autres traits d'inconséquence.

L'homme est un vrai tissu d'inconséquence & de contradic-
tion : voyez Lisimond & Dorante, faites un momet attention à
leur conduite, & vous en serez
convaincu.

Lisimond a pour Maîtresse une
des plus jolies femmes de Paris ;
elle a pour elle tous les avantages de la figure, elle possede des
talens infinis, elle est gaye, vive,
enjouée, folàtre, les plaisirs nais-
sent sous ses pas, on desire toujours avec elle ; enfin elle a tout
ce qu'il faut pour fixer l'homme
le plus inconstant. Lisimond, me
direz-vous, doit s'estimer heureux de jouir d'un tel prodige :
qu'il doit passer d'heureux in-
stants !

ftants! Vous vous trompez; Lifimond eſt aveugle ſur le mérite
de ſa Maitreſſe ; il eſt tellement
accoutumé à la voir, qu'il la re-
garde comme une femme très-
ordinaire ; il ne ſent rien pour
elle ; il la viſite par habitude; il
eſt chez elle comme au ſupplice,
l'ennui l'y dévore.   Ne vous
imaginez cependant pas que Lifimond ſoit naturellement froid
& indifférent, qu'il ſoit ſans tempérament, vous vous trompe-
riez encore, Lifimond aime les
femmes, elles font ſa paſſion do-
minante : quelle inconféquence, dites-vous! tout cela eſt inconcilia-
ble. J'explique l'énigme; voici
ſon caractere, & comment il ſe
dédommage de la tiédeur qu'il
porte chez ſa Maîtreſſe.

Une

Une jolie femme raifonnable ne fçauroit plaire à Lifimond, elle l'ennuie. Ces petites femmes qui traitent des minuties en affaires d'Etat, qui ne fçavent dire que des petiteffes faire des agaceries indécentes, voilà les idoles de Lifimond. Quand il en trouve de cette efpece *), il les aime à la folie, il paffe huit jours avec l'une, quinze avec l'autre; les jours s'écoulent ainfi. Lifimond eft fans doute fingulier; il prend bien des foins, & fait beaucoup

B 2 de

*) Il m'eft venu dans l'idée de mettre une petite parenthèfe en cet endroit; mais réflexion faite, je n'ai pas befoin de me faire des ennemis de gayeté de cœur, j'en aurai affez fans cela.

de démarches, & encore plus de
dèpenfes pour fe procurer quelque chofe de bien inférieur à ce
qui lui eft acquis. J'en conviens;
mais enfin tel eft Lifimond. Du
moins, me repliquez-vous, il ne
devroit point avoir de Maîtreffe
en titre. Vous ne fçavez donc
pas que Lifimond y eft obligé par
état? Un Financier fans Maîtreffe, cela ne fe pardonneroit pas.

Mais tournez les yeux fur Dorante, que de nouveaux fujets de
furprife!

Dorante, vous le fçavez, a l'E-
poufe la plus aimable, elle raf-
femble mille bonnes qualités.
La nature s'eft épuifée pour la
perfectionner, l'art qu'elle fçait mé-
nager la rend toute belle; de plus
elle idolâtre fon mari. Cependant

dant Dorante s'en tient au vain titre d'Epoux ; il n'a peut-être point encore goûté deux fois les douceurs d'un si flatteur hymenée. Le nom d'Epoux eft pour lui un fardeau infupportable, & qui empoifonne tous les plaifirs qu'il lui permet. Il va chercher ailleurs ce qui le cherche chez lui. Je rougis de l'écrire, & ma plume femble s'y refufer. Oui, Dorante, quoique d'un rang diftingué, vole tous les jours en des bras étrangers, en des bras nourris dans la plus infame .... plume; en vain vous bronchez il faut tout dire, dans la plus infame proftitution. Il aime à fe perdre, à s'oublier dans des plaifirs qui ont été prodigués à un autre avant lui, & encore à plufieurs autres plus diligents.   B 3   O

O Dorante! ô Lifimond! que vous êtes peu délicats, ou plutôt que vous manquez de fentiments: vous ne fçavez point vivre; vous ignorez le vrai bonheur dont un honnête homme peut jouir fans remords avec une Epoufe tendre & fenfible. Ces foins, ces attentions, ces careffes innocentes, ces douces complaifances, ces épanchements de cœur, ces inftans divins, où l'Epoux eft confondu avec l'Epoufe, toutes ces chofes ineftimables pour tous autres que pour vous, ne vous touchent point. O Dorante! ô Lifimond! que vous êtes aveugles! combien d'autres en vos places s'eftimeroient heureux!

Mau-

Mauvais choix d'un Magiſtrat.

Que vous me faites pitié, jeune Derville ! que vous m'inquiétez ! Vous avez vingt-cinq ans révolus, & on eſt encore à vous voir appliquer à quelque choſe d'utile; les bagatelles, les minuties ont toujours été des occupations férieuſes pour vous; ce n'eſt pas que vous ſoyez exactement un pareſſeux, ſi on parcourt votre vaſte Bibliotheque, on y trouvera des recueils volumineux de Chanſons auſſi inſipides que mal choiſies: vous avez copié quantité de paſſages de nos meilleurs Poëtes, des traits de Romans, de morale même: il ne paroît point un Vaudeville que vous ne l'ayiez ; vous avez eu grand ſoin de mettre tout cela

B 4   diffé-

différantes fois au net, d'en former plusieurs Volumes, & de les
faire relier en beau maroquin do-
ré sur tranche ; vous avez un a-
mas considérable d'Estampes que
vous faites enchâsser dans de très-
beaux Cadres, votre petit Appar-
tement en est tout tapissé.

Mais vous n'entendez ni ne con-
cevez les Auteurs que vous avez
pillé sans goût & sans discerne-
ment : vous ne connoissez pas les
traits historiques ou fabuleux que
représentent vos Estampes. Vous
avez donc perdu votre temps ;
vous ne sçavez rien.

Cependant votre famille vous
croit un habile homme, elle se dis-
pose à faire de vous un Magi-
strat ; on traite actuellement de
la

la Charge; vous allez être le maître des biens, de l'honneur, de la vie même de vos Concitoyens; un feul mot de votre bouche va conduire vos femblables fur l'échaffaut. En vérité ce projet me fait trembler, & avec moi toute la pauvre humanité. Y a-t-on bien réfléchi, Derville, à combien d'homicides ne vous expofe-t-on pas? Quoi! parce que vos ancêtres ont tenu un rang dans la Robe, parce que vous êtes riche, avez-vous tout ce qu'il faut pour faire un bon Juge? ces connoiffances profondes, cette suprême équité, ce difcernement fin, l'art merveilleux de faifir la vérité au milieu des nuages dont la couvre la chicanne, font-ils des talens héréditaires? Non, Der-

B 5 ville,

ville, non ; ce n'eft qu'avec des difpofitions plus heureufes que les vôtres, & foutenues par une étude continuë qu'on les acquiert. Cet heureux temps n'eft plus, où l'homme avoit la connoiffance infufe du bien & du mal ; ce n'eft qu'aux dépens de fon repos, qu'en pâliffant fur les Livres, qu'en pénétrant l'efprit des Loix, qu'il devient aujourd'hui une image imparfaite de ce chef d'œuvre qu'il étoit alors.

Mais, me repliquez-vous, ceux qui compofent ce premier Sénat du Royaume, ces illuftres Jurisconfultes, ces célebres Soutiens de la Monarchie étoient-ils, en commençant leur carriere, ce qu'ils font aujourd'hui ? Non, Derville, j'en conviens, ils n'étoient

toient point alors ce qu'ils font
maintenant, l'expérience & l'habitude les ont perfectionnés;
mais ils avoient dans le principe, du jugement, de l'efprit, des
lumieres, enfin de quoi faire ce
qu'ils font devenus, & franche-
ment tout cela vous manque:
l'expérience & l'habitude que vous
reclamez pourront bien vous donner quelque teinture de Jurifpru-
dence, quelque idée des Loix,
mais elles ne feront que vous é-
baucher, & ne vous perfection-
neront jamais: elles ne font point
d'ailleurs le fruit d'une année, &
jufquà ce que vous les ayez, combien d'injuftices ne commettrez-
vous pas? combien de fois op-
primerez-vous la veuve & l'or-
phelin? combien de fois flétri-

rez-

rez - vous l' innocence ? tout ce
que vous ferez après pourra-t-il
réparer ces défordres ? cent cou-
pables punis peuvent-ils dédommager un feul innocent de la
profcription honteufe que vous
aurez prononcée contre lui ?

Enfin ces Juges dont vous par-
lez, forment une affemblée nom-
breufe, un feul homme n'y fixe
pas le fort des autres ; les Éléves
fuivent docilement l'avis des an-
ciens ; ils décident moins qu'ils
n'apprennent à bien décider ; &
vous au contraire par la nature
de votre Charge, par le lien de
fon exercice, vous vous trouverez fouvent feul fous les fleurs-
de-lys. En vérité, je le répete,
vous me faites trembler. Que le
fort

fort des hommes eſt incertain !
Tel qui jouit aujourd'hui d'une
bonne réputation , peut - il être
aſſuré que vous ne la lui ferez
point perdre demain ? Quel
eſt l'honnête homme qui ne ſera point allarmé de cette réflexion ?

Si vous m'en croyez, Derville , vous réſiſterez aux intentions
de vos parents : on ne peut ab-
ſolument vous faire un crime de
ne pouvoir être un bon Juge, on
feroit très - fondé à vous repro-
cher d'en être un mauvais.

Fauſſe

Fauſſe conſtance d'une Demoiſelle.

Eglé ne devoit jamais être ſenſible à l'amour ; elle s'étoit affichée ſur ce ton dans le monde : lui parler tendreſſe, lui faire l'aveu des ſentiments les plus paſſionnés, c'étoit moins, ſuivant elle, parler le langage du cœur, que ſatisfaire à la bienſéance ; auſſi paroiſſoit-elle n'en prendre aucune impreſſion, ſa gayeté déconcertoit les plus aguerris. Eglé avoit cependant lû les charmantes Lettres de Ninon, elle y avoit vû qu'il étoit un temps où elle devoit ſe rendre, qu'il eſt des moments critiques, où avec toute ſa fermeté elle ne pourra ſauver ſa vertu : mais elle combattoit toujours ce ſyſtême ſi propre à donner

ner

ner de la confiance aux hommes,
& à bannir jufqu'à l'idée des dé-
fefpoirs, jadis fi fréquens, par l'efpérance presqu'affurée de vaincre ; elle traitoit tout cela de chi-
mere ; celle qui l'avoit imaginé,
difoit-elle, avoit jugé des cœurs
des autres femmes par le fien,
elle leur prêtoit fes foibleffes pour
excufer celles qu'elle fe connoif-
foit ; enfin elle foutenoit ferme-
ment qu'il y avoit quantité de
femmes que tout l'art imaginable
& les rufes les plus étudiées ne
pouvoient ébranler.

Voyez, difoit fouvent Eglé, la
charmante Emilie, elle a autant
de beauté que d'efprit ; elle tou-
che à peine fon cinquiéme luftre ;
elle pourroit, vous en convien-
drez, faire tous les jours de nou-
velles

velles conquêtes: cependant perfonne n'a encore eu l'avantage de la rendre fenfible.

Mais Eglé ignoroit les anecdotes fecrettes d'Emilie; elle ne fçavoit pas qu'elle avoit toujours à fon fervice de grands & beaux Laquais avec qui elle n'étoit rien moins que févere.

Perfonne n'auroit crû fans doute qu'avec de pareils principes, & une réfolution fi ferme en apparence, Eglé dût bientôt fe rendre; cependant fa fauffe conftance ne tarda pas à trouver fon écueil.

Lindor commençoit à faire fes entrées dans le monde; il n'avoit pour lui que les avantages de la nature; c'étoit exactement un

nou-

nouvel Adonis à cet égard. La
seconde fois qu'il voit Eglé, il
lui fait une déclaration dans toutes les formes: Eglé l'écoute a-
vec plaisir, l'amour entre subti-
lement dans son cœur : tout son
étalage de principes, toute sa pré-
tendue vertu s'éclipse, au même
instant elle paye le tribut à l'A-
mour.

C'étoit bien la peine d'affecter
tant de force & de fierté.

Le desir funeste.

Bien des hommes ne font jamais
contents de ce qu'ils ont. Des
desirs infatiables les tyrannisent
toujours; n'envisageant jamais ce
qu'ils possedent, ils n'ont des yeux
avi-

avides que pour tout ce qu'ils
n'ont pas. Toujours hors d'eux-
mêmes, comme le dit fort bien
d'après le célebre Montagne, un
jeune Auteur de ce temps *), ils
ne font jamais chez eux, où ils
devroient être. Si le Ciel paroît
quelquefois propice à leurs vœux
infenfés, c'eft très - fouvent pour
les en punir. L'accident arrivé
cet Eté à Orphie en donne un
exemple bien frappant.

N'aurai - je jamais un brillant
Equipage, des Chevaux fringants
& de beaux Laquais, difoit fouvent l'ambitieufe Orphie? quand
pourrai-je, à mon gré, éclabouf-
fer cette multitude de Fantaffins
qui

*) M. de Campigneulles, Effai fur
divers fujets.

qui couvre les rues ? Il me tar-
de bien de tenir mon rang aux
Boulevards, & d'attirer tous les
yeux fur moi, autant par l'élé-
gance d'un joli Vis-à-vis, que
par la fingularité de ma parure.

Ce defir ne quittoit point Orphie, elle étoit continuellement
occupée à chercher l'occafion de
le fatisfaire, elle s'offrit au moment où elle s'y attendoit le moins.

Leandre, ce célebre Traitant,
ce Millionaire fi énvié par cette
efpece de femmes qui deshono-
rent leur fexe, étoit depuis quelque temps oifif & fans engage-
ment : inftruit des intentions
d'Orphie, & de fon goût pour
le luxe, il lui fait parler ; fon nom
feul la met au comble de la joye,
& fes propofitions au fein de l'o-
pu-

pulence ; elle ne fit point la difficile , & les conventions furent
bien-tôt faites. L'Equipage fut
le moindre des avantages qu'elle
en reçut.

Bien-tôt on vit Orphie parcou-
rit toutes les ruës fans befoin ;
elle étoit fatisfaite pourvu qu'elle
fût dans fon Caroffe ; elle fe croyoit une petite divinité affife fur
le thrône ; elle regardoit tous
ceux qui paffoient , comme de
vils infectes rampans fous elle, &
qui avoient grand foin de lui laiffer la voye libre ; elle recomman-
doit fur-tout à fon Cocher d'aller un train de pofte, & de fen-
dre les airs.

Ses fréquentes cour fes fati-
guoient tellement fes Chevaux,
qu'ils fe trouverent en très-peu
de

de temps dans l'impuissance de seconder sa vivacité. Elle s'en prit à la négligence de son Cocher; elle le congédia sans l'entendre: & c'est aujourd'hui le ton des femmes du bel air; on ne veut pas entrer en lice avec des Domestiques, ni leur laisser la liberté de se défendre; on rougiroit d'être humaine & de se voir obligée de convenir de ses torts.

Un autre se présente bien-tôt on l'annonce à Orphie; a-t-il des grandes moustaches, s'écrie-t-elle? est-il grand, bien-fait, fort & robuste, car il me faut tout cela, sur-tout de belles moustaches, *c'est ma fureur?* L'Equipage le plus leste sans cela a l'air le plus maussade du monde.

Le

Le nouveau Cocher paroît, Orphie le trouve tel qu'elle le defiroit; elle le fait habiller, monter sur le siége, & prendre en mains les rennes : il n'a pas mauvaise mine, disoit-elle d'une fenêtre d'où elle l'examinoit. Elle se fait promptement habiller; on la vit par-tout ce jour-là; son Equipage parut à onze heures dans la Cour des Petits - Peres, à midi dans celle du Palais Royal, aprèsdîner au petit Cour, sur le soir aux Bulevards : elle se donna complettement la ridicule de ces Petits-Maîtres que toutes les Promenades & tous les Spectacles voyent dans l'espace de deux ou trois heures.

Un Jeudi *charmant* qu'elle étoit sur le Boulevard, car on n'y peut
aller

aller fans fe perdre de réputation que ce jour-là, la joye éclatoit fur fon vifage, elle triomphoit. Un maudit Caroffe accrocha le fien, & le renverfe ; fa tête donne contre la glace brifée, & fon vifage eft couvert en un moment de bleffures & de fang: on court à elle, fes gens lui donnent un prompt fecours; on releve l'E-quipage, on la ramene chez elle toute défolée, non plus en volant, mais pas à pas.

Le Chirurgien arrive, vifite les cicatrices, & met le premier appareil; le lendemain il décide qu'il faut les recoudre; Orphie pleure, fe défole, & réfifte long-temps; enfin elle fe détermine à fouffrir cette cruelle opération.

En

En peu de temps les playes fe referment ; on léve les appareils: Orphie n'eut rien de plus preffé que de demander un miroir; elle voit fon vifage, jadis fi poli, tout fillonné , fes yeux éraillés ; fa laideur l'épouvante au point que la glace lui tombe des mains; elle févanouit : grace à l'Eau des Carmes, elle reprend fes efprits.

Qu'elle regretta bien alors d'avoir tant défiré un Equipage, & d'avoir fi fouvent importuné le Ciel de fes caprices : elle auroit bien voulu qu'il cût été fourd à fes prieres. Elle l'accufoit d'injuftice pour lui avoir accordé ce qu'elle avoit fi ardemment fouhaité. Je voudrois difoit-elle, que celui qui a infpiré aux hommes la fotte manie de fe faire traîner,

fût

fût au fonds de la Mer, ou plu-
-tôt que l'inftant de fa naiffance
eût été celui de fa mort. Maudit Equipage! quelle étenduë de
peines tu me fais entrevoir, que
de maux tu vas me caufer, tu me
replonges dans la plus affreufe
mifére; tout le monde va me fuir
& m'abandonner. Si j'euffe fçû
mettre un frein à mes défirs &
me contenter d'aller à pied, je
ferois encore belle, je pourrois
efpérer de trouver des cœurs
fenfibles.

„ Oüi, dit à Orphie, une vieille tante qui vivoit avec elle, il
eft moralement impoffible que
tout ce que vous craignez n'arrive pas; du caractere que je vous
connois, vous n'avez plus que
des jours triftes à paffer, quand

vous conserveriez même les a-
vantages de la fortune ; vous a-
vez été jolie, vous l'avez sçû ;
vous étiez accoutumée à vous
l'entendre dire cent fois le jour.
Un moment a dissipé toute cette
fumée ; une femme peut-elle sur-
vivre à une si cruelle métamor-
phose ? comme vous ne vous
êtes attaché personne par les liens
du sentiment, votre maison va
être déserte ; il ne vous restera
que le triste souvenir d'avoir été
belle, & le désespoir de ne l'être
plus par votre faute. Quand le
nombre des années efface les
graces du visage on s'en console ;
cela est dans le cours de la nature ; mais quand un accident ame-
né par des caprices, les moisson-
ne dans le primtemps de l'âge,
on

on n'en revient jamais, du moins
fans une force d'efprit au - def-
fus du commun ; ainfi Orphie,
continua la vieille, fi vous voulez
n'être pas abfolument malheureufe, ne vous fouvenez de votre
accident que pour régler votre
imagination, & tenir la bride à
vos defirs impatiens. "

On ne fçait fi les fages confeils
de la vieille ont fait impreffion
fur l'efprit d'Orphie ; elle ne voit
perfonne depuis fon avanture :
peut-être fait-elle bien.

Trifte effet d'un amour déréglé.

Si je n'étois convaincu que les
moralités les plus fouvent réi-
térées, font moins d'impreffion

C 2   fur

fur les cœurs dépravés & nourris dans le crime , que les exem-
ples funeftes des malheurs qui
leur arrivent , je pourrois me
difpenfer de faire part au Public
de la fin malheureufe d'un jeune
homme avec qui j'étois étroitement lié. Mais je crois lui être utile
èn la lui mettant fous les yeux:
les malheurs des autres doivent
nous mettre en garde contre
nous-mêmes; nous devons nous
inftruire à leurs dépens. Je ne
rougis point de dire que j'avois
commencé à courir la même carriere que Clitandre , & que fon
exemple ma arrêté au bord du
précipice. Heureux fi quelques
Lecteurs en tirent le même profit.

A vingt-cinq ans , à cet âge
où l'on ne devroit que commencer

cer à vivre, Clitandre étoit vieux & décrepit, ses jambes pouvoient à peine le soutenir, son visage étoit pâle & décharné, le peu de dents qui lui restoient s'étoient jaunis, sa bouche infectoit, ses yeux étoient languissants; tout son corps enfin étoit un squelette ambulant.

Cet état vraiment digne de pitié, affligea tous ceux qui connoissoient Clitandre; on étoit fort éloigné d'en soupçonner la véritable cause. La douceur de ses mœurs, son esprit, ses principes de Religion la firent attribuer à la foiblesse de son tempérament, à sa mauvaise constitution; on le plaignoit, chacun lui indiquoit des remédes bienfaisants; il promettoit d'en faire usage; on n'ap-

C 3   per-

percevoit cependant aucun chan-
gement avantageux chez lui, chaque jour au contraire fembloit le
vieillir d'une année , & augmen-
ter fes maux. Sa fortune étoit
autant dérangée que fa fanté, il
étoit afliégé par un nombre infini
de Créanciers qui le tourmen-
toient & parloient fort mal de
lui; tout cela défefpéroit.

Clitandre s'étoit fait de vrais
amis par la bonté de fon naturel,
fon caractere liant & obligeant les
lui avoit trop étroitement attachés pour qu'ils le viffent périr
fans inquiétude. Ils s'informe-
rent du genre de vie de Clitandre, ils épiérent fes démarches;
hélas ! Qu'apprirent-ils ? Que
découvrirent-ils ? Que Clitandre étoit attaché depuis plufieurs
an-

années à la femme d'un de ſes
honnêtes Domeſtiques; qu'il avoit
épuiſé avec elle ſes biens & ſa
ſanté; qu'avec quelque peu de
beauté, ſans eſprit, ſans talents;
elle le retenoit conſtamment dans
ſes chaînes; qu'elle l'enlevoit à
ſes affaires, à ſon état, lui faiſoit
abandonner ſa maiſon, lui en faiſoit changer la face comme il lui
plaiſoit, en éloignoit ceux qui lui
étoient ſincérement attachés, &
dont l'amitié lui étoit utile.

L'étendue de ces déſordres les
épouvanta, ils eurent peine à con-
cevoir l'aveuglement de Clitandre, & comment avec tant d'eſprit, il ne voyoit pas & la déca-
dence de ſa maiſon, & la proximité de ſon tombeau. Ils eſpé-
rerent cependant beaucoup de

leurs

leurs repréfentations, ils fe flat-
terent de le ramener dans la voye.
Sans perdre de temps ils volent
chez lui, ils font adroitement tom-
ber le difcours fur les défaftres de
l'amour, ils commencent par des
peintures effrayantes du vice dans
lequel il étoit plongé; ils rappel-
lent les chûtes honteufes de plufieurs jeunes gens qui s'étoient
abandonnés à un amour déréglé;
mais ce qui les furprit, Clitandre
fe joignit à eux & les blâma auffi
avec une force & un pathétique
qui les auroit fait douter de la
vérité de ce qu'ils avoient appris,
s'ils n'euffent fçû que ce n'étoient
pas toujours ceux qui décrioient
le plus les vices, qui les commet-
roient le moins; ils fe retirent
pour lui laiffer le temps de reflé-
chir

chir & de fe reconnoître aux tableaux qu'ils avoient faits de lui fous des noms empruntés. Mais le fuccès ne répondit point à leurs efpérance; l'amour avoit interdit à Clitandre toute réflexion & tou retour fur lui - même ; il ne lui vint pas feulement dans l'idée de changer de conduite, tant il fe perfuadoit la fienne réguliére; il fe croyoit dans l'étroit fentier de la vertu, lorfqu'il étoit dans le large chemin du vice. Trifte effet de l'amour qui s'empare tellement de nous, qu'il femble maîtrifer l'ame, & lui interdire fes plus nobles fonctions tant qu'il lui plaît! Ses amis défolés fe déterminerent enfin à lui parler fans fainte.

C 5 „ Cli-

„ Clitandre, lui dit l'un d'eux, ce que j'ai à vous dire va peut-être me faire perdre votre amitié pour long-temps, je cours même risque de la perdre pour toujours, si vous êtes du nombre de ceux qui ne peuvent souffrir qu'on connoisse leurs défauts, & encore moins qu'on tente de les en corriger ; mais j'espére que ma sincérité vous forcera un jour à me rendre justice; je me croirois coupable, si ma bouche étoit encore muette. J'aime mieux cesser d'être votre ami, que vous cessiez plus long - temps d'être vertueux.

Vous avez donc banni le doux empire de votre raison ? vous vous endormez au milieu des désordre, vous semblez tranquille

au

au fein de l'orage ? Ne voyez-
vous pas l'état où vous êtes réduit ? Vos fréquentes maladies,
votre maigreur nous allarment,
vous feul femblez n'en être point
touché. Croyez-vous que la caufe ne nous en foit pas connue?
vous vous abufez, Clitandre; on
vous a vû long-temps plein de
fanté, enjoué jufqu'à l'étourderie,
vif jufqu'à la pétulence, & aujourd'hui vous paroiffez plongé
dans la plus noire mélancholie :
ce chanchement ne s'eft point fait
fans qu'on ait cherché à en démêler le principe; enfin on ne le fçait
que trop, votre penchant pour
la femme de votre P..... a
caufé tous vos malheurs; elle a
banni l'ordre & l'économie qui
régnoient jadis dans votre Do-

C 6

mef-

meſtique, elle a ruiné votre ſanté, elle a fait paſſer auſſi rapidement
qu'un éclair vos plus beaux jours,
elle a diſtillé une eſpece de ve-
nin dans toutes vos veines, elle a
mis un déſordre général dans vos
affaires; pour tout vous dire en
un mot, elle a creuſé le tombeau
où vous courez.

Aimez-vous donc aſſez vous-
même, trop malheureux Clitandre, pour ne plus travailler auſſi
efficacement à votre perte: aban-
donnez une perſonne à laquelle
vous n'auriez jamais dû penſer;
rappellez votre raiſon, ſecouez le
joug honteux d'un amour auſſi
déréglé, vivez pour vos amis, &
ne ſoyez plus ſourd à la voix de
cette multitude de Créanciers qui
frappent, tous les jours à votre
porte. "   Cet-

Cette morale fit dans le moment tout l'effet qu'on s'en étoit promis. Clitandre l'écouta sans repliquer un seul mot ; la vérité lui arracha des soupirs & de pleurs, mais ils cefferent avec les repréfentations. Semblable en cela à ces Fleuves, qui génés dans leurs cours, renverfent impétueufement les Digues qu'on leur oppofe, écument, & en deviennent plus furieux. Ses amis font à peine fortis de chez lui, que fes intentions changent, ils lui paroiffent des hommes odieux, fa paffion fe réveille avec d'autant plus de force, qu'on avoit effayé de la lui faire abandonner. Ses faux plaifirs fe retracent dans fon imagination, bien-tôt ils l'échauffent, un refte de vigueur femble le rappeller

des

des portes de la mort; il se fait
traîner chez sa Maîtresse.

Revenu chez lui, il appelle ses
Domestiques, leur désigne ses a-
mis, qu'il traite comme autant
d'importuns; que ma porte, leur
dit-il, soit désormais fermée pour
eux.

Quelque temps après on annonce Clitandre à la mort; on prie
ses amis, ceux-là mêmes qui lui a-
voient donné des avis si salutaires,
de venir lui fermer les paupieres.
Ils arrivent, Clitandre, qui ne pé-
rissoit que d'épuisement, n'avoit
point perdu la connoissance; il les
reconnoît, il arrose leurs mains de
ses pleurs; c'est alors qu'il se re-
pentit bien de n'avoir point suivi
leurs conseils, qu'il avoua ses torts
& ses égarements, & qu'il versa
des

des larmes fincéres. Ses amis s'ef-
forcent en vain de le confoler: il
voit clair, & ne peut fe diffimu-
ler que fa derniere heure & fa ré-
probation approchent; eux - mêmes ne peuvent tenir à un fpecta-
cle fi touchant & fi lugubre, ils
perdent la poffibilité de le confoler plus long-temps, par le befoin qu'ils avoient eux-mêmes de
l'être; les fanglots & les pleurs les
oppreffent auffi: ils fe retirent
dans une chambre voifine pour
leur laiffer un libre cours, ils laiffent Clitandre entre les bras d'un
Miniftre; une fueur froide, a-
vant-coureur de la mort, s'empare
de Clitandre; elle entre auffi-tôt
& le couvre de fes aîles homicides.
Il n'eft plus. Une fin fi finiftre
vaut bien des fermons.

Hif-

Histoire de Dormont.

Dormont touchoit à la fin de son dixiéme luftre, qu'il n'avoit point encore goûté les plaifirs bruyants de l'amour. Son avarice fordide, la difformité de fa figure & la groffiereté de fes manieres, l'avoient toujours éloigné de ces cercles aimables où regnent la décence & l'urbanité, où les mœurs les plus fauvages s'adouciffent. Perpétuellement reclus chez lui, il ne s'étoit appliqué jufqu'alors qu'à accroître des richeffes immenfes qu'il n'avoit eu que la peine de receuillir à la mort de fon pere. S'il avoit facrifié quelquefois à l'amour, c'étoit dans ces Temples que la brutalité a bâtis, que la dépravation & l'incontinentinence entretiennent, qui font la honte des deux fexes, & que le véritable amour, l'amour délicat a en horreur.

Autant il avoit été avare, autant il devoit être prodigue ; autant il avoit été infenfible aux plaifirs, autant il devoit en être idolâtre ; ces deux extrêmités cauferent tous fes malheurs.

Il y avoit dans fon quartier une femme nommée Madame de Lefpinette, qui, avec une figure fort ordinaire, avoit eu le fecret de faire plufieurs dupes ; Dormont lui parut une proye facile qu'elle ne devoit point laiffer échapper. La proximité de fa maifon qui avoit vuë fur celle de Dormont, lui fuggéra d'abord de faire ufage d'un

d'un filet de voix affez tendre.
Elle fut entendue avec plaifir; chaque fois qu'elle chantoit, Dormont abandonnoit l'énumération
de fes écus, & fortoit du plus
profond de fon cabinet, où il étoit
confiné pour empêcher que le
fon n'en parvînt jusqu'aux oreil-
les de fes Domeftiques, qu'il regardoit comme autant de voleurs.
Elle s'apperçut de l'effet de ce
premier artifice, qui lui valut quelques complimens affez mal tour-
nés. Elle fe repofoit du refte fur
le voifinage qui ne devoit pas
manquer de fournir de fréquentes occafions de fe rencontrer. Elles fe préfenterent en effet, mais
Dormont fembloit les fuir: fa timidité & fon air fauvage les ren-
dirent long-temps infructueufes;
mais

mais il est un temps où la timidité doit disparoître, & la férocité s'apprivoiser.

Un jour que cette Dame revenoit de visiter une amie qui demeuroit fort près de chez elle, elle rencontra Dormont, qui tout rêveur & les yeux fixés sur la terre, ne l'appercevoit pas : elle ne crut pas devoir négliger une si belle occasion ; elle arrête Dormont, & lui dit, après les compliments ordinaires, qu'elle étoit excédée, qu'elle venoit de faire des courses qui la mettoient hors d'état de se soutenir, & quelle étoit fort à plaindre de ne pouvoir aller en voiture sans être indisposée. Dormont en vint où on l'attendoit, il offrit son bras, qui fut accepté.

On

On ne fut pas plutôt arrivé chez
Madame de Lespinette, qu'elle
prit le deshabillé le plus galant.
Dormont voulut se retiter on le
supplia de n'en rien faire : la pluye
& le beau temps firent assez long-
temps la matiere de la conversa-
tion. Mais on avoit soin, par des
étourderies menagées, de laisser
entrevoir à Dormont des beautés
ravissantes pour lui. Ensorte
qu'il se retira le cœur fortement
blessé & plein de desirs.

Après cette premiere entrevuë,
il ne fallut plus parler la premiere
à Dormont; l'arrêter dans la ruë
pour l'attirer chez soi : ce n'étoit
plus cet homme avec qui il falloit
faire toutes les avances; il cher-
choit au contraire les occasions de
voir Madame de Lespinette, il alla
mê-

même chez elle fous différents prétextes, enforte que la connoiffance devint fort étroite. Madame de Lefpinette de fon côté jouoit au mieux la volupté, elle fembloit fatisfaite quand elle voyoit Dormont, elle noublioit pas à lui faire des reproches obligeants fur la rareté de fes vifites; il n'en falloit pas tant pour le féduire, peu accoutumé au commerce des femmes, il crut réalité tout ce qui n'étoit qu'un jeu étudié, & vérité tout ce qui n'étoit que feinte. Il conçut bien-tôt l'amour le plus violent: le moyen de le fatisfaire lui paroiffoit une chofe impoffible, & on étoit auffi bien réfolue de lui faire parcourir toute la Carte de Tendre, & de lui faire payer cher des faveurs ufées.   Ce-

Cependant il raſſemble toutes ſes forces, toute ſa hardieſſe, il fait en tremblant l'aveu de ſa flamme : Madame de Leſpinette, accoutumé à ces déclarations, ſçut le raſſurer par ſes réponſes, & lui donner lieu d'être ſatisfait. Dès le moment Dormont ne tint plus chez lui : il abandonna tout à coup ſa maiſon, oublia ſes amis, négligea ſes affaires ; ſa Maîtreſſe lui inſpira du goût pour les ajuſtemens, du brillant dans les meubles, du penchant pour la dépenſe ; il ſe prête à tout, il change totalement de décoration. Enfin elle fit bien vîte un homme parfaitement ridicule.

Ce n'étoit pas tout, il falloit régler ſes conventions avec Madame de Leſpinette : on craignoit beau-

beaucoup de l'épouvanter; mais il étoit tellement aveuglé, que douze mille livres par an à quoi on le fixa, ne le rebuterent point.

Tout alors fut permis à Dormont; Madame de Lespinette n'avoit rien de réfervé pour lui, elle lui fit avaler à longs traits le poifon de la volupté; elle n'étoit occupée qu'à faire fuccéder les plaifirs les uns aux autres; chaque jour étoit marqué par quelque partie nouvelle; Dormont n'avoit pas le temps de fe reconnoître; il fe croyoit dans un nouveau monde, & rien ne lui fembloit comparable au bonheur d'être adoré d'une jolie femme; dans cette fauffe confiance il ne mettoit aucunes bornes à fes dépenfes.

Ma-

Madame de Lespinette qui n'a-
voit eû en vuë que de réparer le
désordre de ses affaires aux depens
de Dormont, & qui étoit au plus
offrant, le quitta subitement après
un commerce de deux années.
Dormont en fut affligé, il pressa,
sollicita, promit même d'augmen-
ter ses largesses; mais on en avoit
assez eu de lui: un départ préci-
pité mit fin à ses importunités.

Cette catastrophe fit ouvrir les
yeux à Dormont; il vit qu'il avoit
fait une grande sotise; il promit
qu'il ne se laisseroit plus duper,
& qu'il ne lieroit jamais commerce avec les femmes, promes-
ses vaines! Il lui étoit réservé quelque chose de plus cruel encore.

Dormont s'étoit fait connoître
dans le monde, par ses liaisons
avec

avec Madame de Lefpinette, pour
un *Entreteneur* en titre; il s'étoit
d'ailleurs humanifé avec les plaifirs, & s'en étoit fait une douce
habitude. On lui tendit bien-tôt
des piéges nouveaux aufquels il
ne put échapper.

Depuis quelque temps Julie é-
toit libre, le prix exceffif qu'elle
mettoit à fes faveurs avoit totalement ruiné le Chevalier d'Ablon,
qui fut obligé de fe retirer dans
une Terre qu'il avoit fauvée du
naufrage. Elle jetta les yeux fur
Dormont. Sans faire paroître
d'intention marquée, elle trouva
l'occafion de paroître plufieurs
fois devant lui, brillante comme
les Aftres, & belle comme Vénus;
il ne la vit pas indifféremment;

D ij

il s'informe qui elle eſt ; il apprend que c'eſt la célébre Julie.

De ſon côté Julie fit agir des Meſſageres habiles en cette partie, fit parler à Dormont qui ſe ſentit enflammé de nouveau; ſon avanture avec Madame de Leſpinette ſe repreſente cependant à lui, il cherche à s'étourdir ſur ce qui lui étoit arrivé ; il prête à Julie plus de ſentiments; enfin il s'engage.

L'air de grandeur de Julie , le ton avantageux ſur lequel elle paſſoit dans le monde, rendoient ſes faveurs impayables aux yeux de Dormont; auſſi lui ſacrifia-t'il toute ſa fortune; ſa bourſe étoit toujours ouverte pour elle ; elle l'épuiſa différentes fois; la vente des biens de Dormont la rempliſſoit toujours. Tout Paris voyoit le déran-

dérangement de fes affaires, &
qu'il touchoit au moment de fe
voir fans biens & fans reffources.
Dormont feul ne s'en appercevoit
point, il avoit des yeux & il ne
voyoit plus. La fête de Julie arrive, il refléchit fur la nature du
préfent qu'il fe croit obligé de lui
faire, il n'en trouve pendant long-
temps aucun digne d'elle; enfin il
lui vient dans l'efprit qu'un fervice complet d'argent, dont il rem-
pliroit la foupiere de mille louis,
pourroit être favorablement accepté, & lui attacheroit Julie pour
jamais, autant par les liens de la
reconnoiffance que par ceux de l'a-
mour; mais il ignoroit que ces pi-
rates ne connoiffent point la reconnoiffance, & infpirent de l'a-
mour fans en reffentir. Il fit un

D 2 der-

dernier effort pour l'acquifition de ce préfent; il ne fut point trompé dans fon attente, il fut bien reçu; il vole le lendemain chez Julie, tout enthoufiafiné des fentiments dont elle devoit être pénétré; mais quelle fut fa furprife? Il trouve un homme armé à fa porte qui lui en défend l'entrée, & lui dit que Julie étoit au Prince de Solers, fon Maître: il effaye de lui faire connoître qu'il l'abufoit, ce fut peine perdue. Un Suiffe entend-il raifon? Il fut obligé de defcendre plus vîte qu'il n'étoit monté.

Dormont accablé de chagrin & de dépit, s'informe dans le quartier, il apprend que ce qu'on lui avoit dit n'étoit que trop vrai; il commence à gémir fur fes égaremments,

ments, mais trop tard, le dérangement de ſes affaires, la perte de
tout ſon bien, le mépris de ſes a-
mis & de tous les gens de bien;
toutes ces circonſtances le con-
fondent: la perfide Julie avoit eu
le ſecret en moins d'un an d'en-
vahir des biens immenſes, qui auroient pu ſoutenir pendant plus
de temps l'armée la plus nom-
breuſe: il ſe déſole, il s'arrache
les cheveux, il eſt prêt à ſe poig-
narder, il n'en fait rien, & eſt réduit à mener une vie obſcure &
miſérable.

Tel a été le ſort de Dormont,
& tel ſera toujours celui de gens
ſans principe, qui dans un âge a-
vancé ne ſçauront vaincre leurs
paſſions. L'amour n'eſt point de
tout âge.

D 3

Qu'on

Qu'on ne dife point que Dormont eft un être de raifon, un phantôme d'imagination. Il exiftoit réellement il n'y a pas longtemps, & il ne feroit pas bien difficile de trouver encore plufieurs de fes femblables.

De la fatuité.

La toilette eft à préfent de tout fexe & de tout âge! Il eft une efpèce d'homme qu'on ne fçait trop comment définir, qui lui confacre à autant de temps que la petite Maîtreffe la plus décidée. Ces perfonnages qu'on trouve communément aux Promenades, aux Spectacles, femblent ne s'occuper qu'à féminifer leur être. Ils font en effet tellement adonifés, mouche-

chetés , fardés , que s'ils parve-
noient à donner à leurs habille-
ments quelque reſſemblance avec
ceux des femmes, on ne les re-
connoîtroit plus. Le dernier coup
de main ne tardera pas vraiſem-
blablement long-temps, ils ſont
déja de même étoffe, remplis d'a-
grémens & de falbalas; encore un
pas, & tout ſera fait. Que l'Auteur qui a prédit que les hommes
deviendroient bien-tôt des femmes, & celles-ci des hommes, a-
voit grande raiſon! La revolution
de ce ſiécle ſera ſurement précé-
dée de l'accompliſſement de ſa
prédiction.

Dans la multitude qui ſe diſ-
tingue par ces ſottiſes, & qui ſem-
ble former un monde ſéparé, Dorival a ſouvent fixe mon attention.

D 4   Quand

Quand je l'examine des pieds à la tête, que je le trouve comique! qu'il me fait rire! qu'il me fait ensuite hausser les épaules! il a passé trente ans à parcourir des ruelles, à assister à des toilettes, & il est encore aussi freluquet qu'à dix huit. Ses cheveux gris, les rides de son front, ne l'empêchent point de faire encore l'aimable, de trancher du Petit-Maître. C'est lui qu'on voit réguliérement les mardis & vendredis étaler au Palais Royal les restes de ses graces; un talon rouge bien haut, un habit d'un goût singulier, une veste dont l'éclat l'emporte sur les autres, falbalatée à double rang, une frisure en aîle de pigeon, poudré jusque sur les épaules, quelque mouches adroitement placées,

cées, un peu de rouge ; c'eſt dans
cet équipage, qu'après avoir paſſé
toute la matinée à trouver dans les
ſecrets d'une toilette de quoi réparer les ravages de l'âge, il pro-
mene pompeuſement ſon rare in-
dividu.   Il parle à toutes les femmes ; il dit un quolibet à celle-ci,
une galanterie à celle-là ; il fait
examiner à l'une le brillant d'un
diamant qu'il doit à ſon Bijoutier ;
il entretient l'autre du goût d'un
nouvel équipage dont il doit ſe
faire préſant au premier jour.

Après avoir ainſi parcouru l'autre jour tous les cercles, Dorival,
que je ſuivois pas à pas , apperçut le jeune Cléontin, à qui il faiſoit la grace de donner de temps
en temps quelques leçons.   Bon
jour, Marquis, lui cria - t'il d'aſſez

loin, quelle importante affaire
vous a donc retenu si long-temps
à l'Hôtel ? Ignoriez - vous que
c'étoit aujourd'hui le plus beau
jour du Palais Royal? Tenez, voyez toutes ces Divinités, tout en-
chante ici, tout est noble, tout
est brillant : ah! sans doute vous
teniez la jeune Comtesse dans vos
bras, vous trouviez l'univers à
ses pieds, vous avez fait & dit bien
de jolies choses ensemble : ce n'est
que dans cette intention au moins
que je vous fais grace, Non, reprit, en minaudant, le Marquis,
je n'étois pas aussi heureux que
vous vous l'imaginez: si je vous
étois moins attaché, je ne vous
tirerois point d'une erreur qui
me fait tant d'honneur. Mon maudit Valet - de - Chambre est seul
cau-

caufe d'un fi long retard; il étoi
aujourd'hui d'une mal - adreffe af
fommante; quatre heures lui on
à peine fuffit pour cet accommo,
dage, qui, comme vous le voyez
eft à faire vomir. J'eus beau lu
faire ouvrir l'Encyclopédie Perru-
quiere *), lui faire examiner le
modele qu'il devoit exécuter. Ce
Livre divin, ce Livre d'une ref-
fource infinie pour paroître chaque jour fous une décoration nouvelle, ne lui fervit de rien; il y
a deux heures que je ferois ici
fans cela. Vous avez ma foi bien
perdu, repliqua Dorival, je vous
aurois fait faire connoiffance avec

D 6   tou-

*) Ce Livre contient des modeles
de toutes les efpeces de frifures, &
enfeigne à les bien exécuter.

toutes les jolies femmes qui bordent cette Allée. J'ai eu la complaisance de les défennuyer chacune à leur tour; j'ai joué précisément le papillon, j'ai voltigé de belles en belles. Votre fort eft digne d'envie, reprit le Marquis, je voudrois être aufli heureux que vous, m'en eût-il coûté mes bijoux, mes chevaux, mes équipages. Bon, mifere que cela, dit Dorival, il fiéroit bien à toutes ces femmes de faire les févéres avec moi; elles ne font pas capables de fe donner un pareil ridicule; on fçait trop fur quel ton je fuis avec elles; en vérité cela feroit d'un rare à les faire mocquer: mais finiffons fur cet article, il faut que je vous faffe part de la Lettre que j'ai écrite

ces

ces jours - ci à Eglante ; tout le
monde le fçait, & je puis très-
bien vous le dire fans la bleffer.
Après avoir ici étalé vainement fes
prétendus charmes pendant plufieurs années, elle fut obligée d'aller fe renfevelir dans le fonds de
fa Province, qu'elle n'auroit jamais dû quitter. Cette petite
femme, que j'avois la bonhom-
mie d'entretenir quelquefois ici,
quand il n'y avoit rien de mieux,
m'inonde depuis ce temps de fes
lettres; elle ne me fait pas grace
d'un feul ordinaire. On ne fçauroit en vérité tenir à un pareil
commerce : voici ce que je lui é-
cris, je doute qu'elle foit conten-
te du ftyle, mais je veux brifer
avec elle abfolument. Ecoutez.

D 7 MA-

MADEMOISELLE,

Quoique je fçache, à n'en pouvoir douter, que les Lettres que j'ai la complaifance de vous écrire, vous amufent infiniment : quoique des réponfes fréquentes que vous vous procurez l'honneur de me faire, il en foit quelqu'unes que je me donne la peine de lire; il convient cependant malgré tout l'agréable & l'utile d'un fi gracieux commerce pour vous, de le réduire dans de juftes bornes; une Lettre par mois, & rien de plus, voilà ma convention. Je fens à merveille l'étendue de la perte que vous allez faire; une feule lettre par mois, c'eft bien mince pitance, j'en conviens; mais enfin je ne fçaurois faire plus

en

en votre faveur. Tous mes moments font comptés, vous jugez
bien qu'un homme comme moi a
plus d'une intrigue en tête. Adieu
pour un mois. DORIVAL.

La contrainte où j'étois pendant
que j'écoutois mes deux originaux
difcourir, m'abandonna après la
lecture de cette Lettre; je me mis
à rire du meilleur de mon cœur;
ils s'en apperçurent, & m'échappe-
rent; je voulus envain les fuivre,
la cohue me les fit perdre tout-à-
fait de vûë. J'aurois fans doute
entendu bien d'autres chofes, fi
j'euffe eu plus de retenue; mais
leur converfation étoit fi fingulié-
re pour moi, & la Lettre fur-tout
d'un ftyle fi impertinent & fi nouveau, que je ne pûs y tenir. J'en
ai néanmoins affez oüi, pour les
mé-

méprifer fouverainement, & pour defirer de ne rencontrer jamais ni Dorivals , ni Cleontins , efpéce d'hommes qu'il faudroit étouffer, fi toutefois on peut le nommer ainfi ; car je croirois volontiers que ce font des êtres éffeminés de nouvelle création.

LETTRE

De M. Ha... à Madame Gu...

Vous voulez donc, Madame, abfolument connoître l'état actuel de mon cœur ? il s'eft fait, dites-vous, des changemens fi fubits chez moi, que mon intérêt vous oblige à m'ordonner de vous en inftruire ; vous ne me reconnoiffez plus, j'ai l'humeur fombre,

bre , je ne dis plus le mot, je rêve toujours , cela vous chagrine , & il faut vous en rendre compte ou renoncer à vous voir ; je n'ai point a héfiter, Madame, dans cette alternative ; j'ai trop brigué l'honneur d'être admis chez vous pour m'en priver par un entêtement déplacé. Il ne falloit pas me menacer d'une peine fi cruelle pour m'engager à vous obéir. Je l'ai déja dit, vos volontés feront toujours des loix pour moi.

Vous vous rappellez encore, Madame, le jour que j'eus l'honneur de vous conduire au Spectacle du. . . . Le hazard nous plaça auprès d'une Demoifelle , accompagnée de fa mere ; vous liates converfation avec la mere ; je me

me crûs autorifé, à votre exemple, à entretenir la fille, cela étoit
affez naturel. L'abord gracieux
de cette Demoifelle, que j'ai fçu
depuis s'appeller Mademoifelle
Clerval, & fon empreffement à
nous faire bien placer à notre ar-
rivée, m'avoit prévenu en fa faveur. Je vous avouerai franche-
ment que je lui fis mille quef-
tions pour lier avec elle ; quelques inftans s'écoulerent en difcours affez indifférens, & lorf-
que la converfation fe difpofoit
à devenir férieufe, la toile fe le-
va, les Acteurs parurent, & il
fallut, à mon grand regret, faire
trêve à notre entretien. On nous
donna d'abord le Poirier, Opé-
ra-Comique. Une jeune Demoifelle, dont les charmes de la figure

re ne cédoient en rien aux graces de l'efprit; à ce fin enjoue-
ment & à cette délicateffe qu'elle
répandoit fur fon rôle, repréfen-
toit. . . . . Je ne puis me refufer aux applaudiffemens que
toute l'affemblée lui donnoit: j'en
communiquai ma fatisfaction à
Mademoifelle Clerval ma voifine;
je m'apperçus qu'elle m'écoutoit
avec plaifir faire l'éloge de cette
Actrice. J'étois fort éloigné de
penfer qu'en louant fes talens &
fes graces, je flattois Mademoifelle Clerval, lui faifois ma cour,
& me mettois bien avec elle; mais
cette piéce finie, & la mere qui
étoit auprès de vous, ayant appel-
lé cette Actrice fa fille, je faifis
cette occafion de complimenter
Mademoifelle Clerval fur l'efprit

de

de fa fœur, & d'en faire adoite-
ment rejaillir une partie fur elle.
On me répondit avec autant de
politeffe que d'efprit; il n'en fallut pas davantage pour enflammer
un cœur auffi neuf que le mien en
amour. Mademoifelle Clerval,
d'ailleurs fans être une beauté, eft
une perfonne fort aimable; elle
eft grande, bienfaite, d'une taille
élégante; elle eft d'un abord doux,
poli, gracieux, à tout cela elle joint
de l'efprit. Quel eft l'homme qui
auroit réfifté à tant d'attraits? Auffi
quittai - je le Spectacle le cœur
fortement bleffé.

Dès ce moment, Madame, les
changemens dont vous vous plai-
gnez fe firent chez moi; je me
fentis agité de tant de penfées fi
differentes, fi tumultueufes, que
j'a-

j'avois peine à les démêler; quelque chofe me manquoit, je n'étois bien en quelqu' endroit que je fufle, je voulois toujours être où je n'étois pas.

Le hazard qui m'avoit été fi favorable dans ma premiere entrevuë avec Mademoifelle Clerval, ne me feconda pas moins dans la fuite, car quoiqu'on n'entrât point à ce Spectacle fans billets, je trouvai cependant le moyen d'y aller huit à dix fois fans autre fecours que mon adrefle. Il ne faut pas vous dire que je cherchai toujours à me placer auprès de Mademoifelle Clerval: elle ne fut pas la dupe de mon afliduité à ce Spectacle; elle s'apperçut bien par mes regards paffionés, & les petits foins que je lui rendois, que j'en voulois

lois à fon cœur ; je ne fuis ni affez téméraire, ni affez fat pour
vous dire qu'elle répondit à ma
flamme ; mais je crois, fans me
flatter & fans bleffer fa vertu, pouvoir vous dire que du moins elle
me regardoit de bon œil, & me
parloit amicalement.

Toutes ces entrevuës, pendant
lefquelles il falloint être dans la plus
grande décence & la plus gran-
de retenuë, tant à caufe des
Spectateurs, qu'à caufe du trifte
voifinage d'une mere furveillante,
ne me fatisfaifoint pas ; j'aurois
voulu trouver Mademoifelle Clerval feule, & lui faire connoître
mes fentimens. Ce défir me con-
fumoit d'autant plus, que je n'en-
trevoyois point l'occafion de le
fatisfaire. Cependant au moment
même que cette trifte réflexion
m'ac-

m'accabloit, l'Amour, ce Dieu toujours propice aux vrais Amants,
travailloit à mon bonheur. Mademoiselle Clerval, que jusqu'a-
lors je ne croyois point attachée
à ce Spectacle, habillée & dispo-
sée pour jouer dans la Chercheu-
se d'Esprit, tomba subitement éva-
nouie. Je ne me rappelle encore
cette triste scène qu'en tremblant,
peu s'en est fallu, que par un coup
de sympathie, je ne perdis aussi
la connoissance. Cette catastrophe ayant interrompu le spectacle pour donner un prompt secours à Mademoiselle Clerval: on
demanda des flacons, des odeurs;
comme je me sentois particuliére-
ment intéressé, je fus le premier
prêt; je volai vers mon aimable
maîtresse; j'avois heureusement
un

un flacon fur moi, (ce qui m'arrive rarement , car je fuis ennemi
juré des odeurs) : je prodiguai
avec empreffement tout ce que
j'avois; eh! que n'aurois-je point
prodigué dans un auffi preffant
befoin! Tous ces fecours furent
vains, ma maîtreffe ne reprenoit
point fes efprits & fembloit les
avoir perdus pour toujours. Cette fituation me défoloit, la pâleur
étoit peinte fur mon vifage. Je
crus qu'il feroit à propos de lui
faire prendre l'air ; j'en ouvris
l'avis ; il fut fuivi. Je fus un de
ceux qui aiderent à la transpor-
ter du théâtre dans la cour. Dieu
fçait quelle fatisfaction, mêlée cependant de crainte, je reffentois
alors ; je portois ma maîtreffe
elle ne fe défendoit pas de moi,
elle

elle abandonnoit à mes avides regards une gorge admirable ; mais
en même temps je craignois pour
fes jours. Quelle circonftance
critique ! Enfin la fraîcheur de
l'air l'a fait revenir à elle ; quel fut
fon étonnement, quand en ou-
vrant les yeux elle me vit devant
elle occupé à la délaffer, & pour
ainfi dire maître de ce qu'elle ca-
choit avec tant de foin. Ceffez,
me dit-elle, Monfieur, avec une
furprife embarraffée, je me trouve bien à préfent, je vous fuis infiniment obligée des foins & des
attentions que vous avez eus pour
moi, & jen ferai reconnoiffante.

Si je fus fâché de ce petit accident, à caufe de la douleur qu'en
avoit dû reffentir Mademoifelle
Clerval, j'en fus fatisfait d'un au-

E   tre

tre côté, parce que je m'imaginois
que les foins & l'empreffement
que j'avois marqués feroient mis
en ligne de compte, & avance-
roient un peu mes affaires. On
rentra fur le champ, & le fpecta-
cle continua ; quoique cet éva-
nouiffement eut un peu altéré les
forces & la gayeté de Mademoifelle Clerval, elle joua néanmoins
fort bien, & fut généralement
applaudie. Pour moi j'avois toujours les yeux fixés fur elle, & je
fortis fort fatisfait de ma petite
perfonne, & auffi plus amoureux
que jamais.

Tout cela ne me conduifoit
point à mon but, l'amour fertile
en expédiens, me fit naître l'idée
qu'il falloit tenter de me faire re-
cevoir dans la Société qui com-
pofe

pofe le Spectacle du * * *. Je goutai ce parti, j'y trouvois cependant bien des difficultés, point de connoiffances, point de talents pour le théâtre, point de figure: mais l'amour fçait tout entreprendre & tout furmonter. Je me procurerai, me difois-je par ce moyen, des occafions fréquentes de voir Mademoifelle Clerval, & de la voir fans gêne & fans contrainte; je pourrai lui déclarer que je l'aime; je jouerai des rôles avec elle qui lui peindront, fans qu'on s'en apperçoive, mes fentimens & mon amour; elle verra bien par la paffion & la chaleur qui entreront dans ma déclamation, que je fens réellement ce que je lui adrefferai; enfin je me jouerai moi-même. Cette réflexion me

E 2 dé-

détermina, je ne balançai plus, &
le deſſein fut preſqu'auſſi-tôt exé-
cuté que formé. Je fus reçu avec
honnêteté, & on parut autant ſatisfait de m'avoir, que je montrois
d'empreſſement à être admis.

Voilà exactement, Madame, où
j'en ſuis; faites des réflexions ſur
ce que fait faire l'amour, ſur les
métamorphoſes qu'il occaſionne.
De Diſciple de Thémis, me voilà
celui de Thalie; leur culte eſt bien
différent. Vous connoiſſez maintenant l'état de mon cœur, & la
cauſe des changemens que vous
avez remarqués chez moi. C'eſt
l'amour qui les a produits; peut-
être les fera-t'il ceſſer par la poſ-
ſeſſion de celle que j'aime; c'eſt
le ſeul bien où j'aſpire. Je vous
prie

prie de m'honorer d'une réponse, & de me donner des conseils propres à ma situation ; peut-être que trop aveuglé je ne vois pas le précipice où je cours; soyez persuadée que vos conseils seront suivis à la lettre. Je le repéte vos volontés seront toujours des loix pour moi.

J'ai l'honneur d'être très-respectueusement,

MADAME,

Votre tres-humble serviteur,

Ha....

RÉPONSE

De Madame Gu ... à M. Ha ...

Vous auriez pu, Monsieur, me donner plutôt la satisfaction

E 3 que

que je vous ai tant de fois deman-
dée, vous en feriez peut-être
plus à votre aife à préfent. Je
vous fçais néanmoins gré de votre confiance, quoiqu'il ait fallut,
pour ainfi dire, vous l'arracher.
Je me doutois bien que l'amour
avoit fait du ravage chez vous;
je n'ai guéres fuivi fes étendarts;
à l'air je connois néanmoins ceux
qu'il bleffe. Vous avez très-bien
fait de m'inftruire de l'origine de
votre paffion & de fes progrès;
vous me mettez par-là en état de
vous donner des avis plus folides
& plus conformes à votre fituation.

A votre âge, Monfieur, on s'en-
flamme aifément; on ne fçauroit
être trop en garde contre foi-mê-
me. Le cœur eft alors un flam-
beau

beau difposé à brûler des deux
bouts; le premir objet qui plaît
féduit fouverainement; fans entrer dans aucun examen on s'at-
tache en aveugle, & ce premier
attachement eft pour l'ordinaire
la fource de bien des maux. On
l'a déja dit, Monfieur, la durée de
nos paffions ne dépend pas plus
de nous, que la durée de notre
vie; un premier coup de pinceau
peut bien être effacé par un fecond; il n'en eft pas de même du
premier trait qu'amour lance fur
un cœur, la playe qu'il ouvre peut
bien fe refermer quelquefois, encore eft-ce une queftion; mais la
cicatrice qui refte, conferve toujours un fonds de fenfibilité. Enfin un fecond attachement ne fçauroit faire oublier entiérement le

premier. Si donc vous aimez Mademoiselle Clerval auffi éperduement que votre Lettre l'annonce, vous êtes dans une trifte pofition; je vous plains. Je veux bien croire qu'elle mérite toute votre eftime, elle eft très-décente, & paroît très-vertueufe; mais fçavez-vous feulement qu'elle eft cette Demoifelle? connoiffez-vous ceux à qui elle appartient, fon état, fes talens? cependant déjà vous l'aimez, vous afpirez, ditesvous, à la poffèder. Vous faites un portrait de fa beauté, permettez-moi de vous le dire, un peu outré, je ne veux cependant point vous faire un procès pour cela; je fçais que les Amants, comme les Poëtes, font en poffeffion d'outer leurs éloges. Mais dites-
moi

moi de bonne foi, Monfieur, de quel efpoir pouvez - vous vous flatter ? Vous êtes d'un âge à ne pouvoir de fi-tôt paffer à un éta-bliffement; dès que vous ferez en état d'en prendre un, l'intention de votre famille eft de vous rap-peller en Province. Peut-être vous deftine-t'elle une époufe dont elle a vû croître les vertus fous fes yeux, & que vous aime-riez fi vous retourniez libre. Qui vous a affuré d'ailleurs que vous conviendriez à la famille de Mad. Clerval, & qu'elle-même convien-dra à la vôtre ? *L*'un eft auffi incer-tain que l'autre, peut-être fe trou-vera-t'il entre vous une difpropor-fition pour la naiffance & la fortu-ne. Des raifons de bienféance pour-ront enfin rompre tous vos pro-

E 5   jets

jets ? De deux chofes l'une, ou vous
retournerez en Province, ou vous
refterez à Paris. Si vous retour-
nez en Province le cœur plein de
Mademoifelle Clerval, vous n'y
vivrez pas content, & vous ren-
drez malheureufe l'époufe que
vous y prendrez. Les regrets
qui vous y accableront, vous
donneront, finon de l'averfion
pour elle, du moins un froid qui
en approchera beaucoup. Qu'u-
ne femme s'apperçoit aifément
de tout cela, & ne s'en conten-
te guéres ! Si vous reftez à Paris, vous ferez encore votre cour
quatre ou cinq ans à Mademoifelle Clerval, vos affiduités vous
feront négliger votre état ; vos
études en fuffriront, vous ferez
d'autant moins capable de vous
ap-

appliquer, que vous ferez occupé ailleurs : vous ferez toujours en l'air, & après avoir ainfi paffé votre temps, que pourra-
t'il arriver ? que les parents de
la Demoifelle & les vôtres en
viendront aux éclairciffemens :
on verra de l'inégalité, de la dif-
proportion ; de-là une rupture,
& cette rupture fera pour vous
un coup de foudre; vous pour-
rez d'autant moins vous en confoler, que vous ferez accoutumé à voir Mademoifelle Clerval, un lien fecret vous retien-
dra vers elle; cependant il fau-
dra vous déterminer, & combien ne fouffrirez-vous pas pour
y parvenir ? On peut bien,
Monfieur, réfifter à l'Amour
quand il commence à naître;

E 6   mais

mais il n'eſt plus temps de vou-
loir le bannir quand on s'en eſt
fait une douce habitude ; il devient un tyran, un maître abſo-
lu , & pour lui faire quitter ſa
place, il faut une doſe de raiſon
peu commune, & des efforts
presqu'au deſſus de la nature.
Si votre paſſion eſt parvenue à
un tel point que vous reſiſtiez
aux intentions de vos parents,
vous donnerez dans des extrémi-
tés & des travers que je crains
d'avance pour vous ; vous indiſ-
poſerez toute votre famille &
tous les honnêtes gens, il fau-
dra vous expatrier. Voyez donc,
Monſieur, dans tous les cas quel
fera votre ſort; placez-vous aujourd'hui à toutes ces époques,
rendez préſens à votre eſprit tout
les

les désordres que vous causerez ; cela seul doit suffire pour vous convaincre que votre penchant pour Mademoiselle Clerval ne peut avoir que des suites funestes ; il n'y a pas de temps à perdre, Monsieur, il faut commencer dès aujourd'hui à vous guérir ; le retard rendroit surement votre mal incurable : vous le dites fort bien, vous êtes aveuglé par la force de la passion, vous ne voyez pas le précipice où vous courez. Cet aveu sincére me donne beaucoup d'espérance, j'en tire un bon augure ; on est bien disposé à se corriger quand on est d'aussi bonne foi & aussi docile.

Voici, Monsieur, la conduite qu'il faut que vous teniez de point en point. Les articles seront

E 7 courts

courts & précis ; rompre tout
commerce avec Madem. Clerval,
eft par où il faut commencer ; é-
viter de vous trouver dans les en-
droits qu'elle fréquente, eft un
point effentiel ; vous accoutumer
à ne plus penfer à elle, bannir
tout-à-fait fon idée, la fuir même abfolument s'il le faut, vous
attacher à l'étude plus que jamais ;
enfin faire un ou deux bons amis.
Voilà les reffources fur lefquelles
je compte beaucoup ; votre raifon & le temps feront le refte.

Leçons pour les Meres.

Il eft fans doute dans ce fiecle des
meres tendres, & qui n'ont
en vûe que le bonheur de leurs
enfans ; on les voit de bonne heure

re femer dans leurs cœurs les ger-
mes précieux d'une vertu folide :
le temps loin d'affoiblir leurs foins
les augmente.   Après avoir formé leurs cœurs, elles ne croyent
point avoir tout fait , elles font
encore attentives à cultiver elles-
mêmes leur efprit, leurs talents.
Enfin jufqu'a ce qu'un établiffe-
ment convenable les enleve à leur
tendreffe, ils font, pour ainfi dire, toujours fous leurs aîles ; mais
qu'il en eft beaucoup plus d'autres qui n'aiment qu'elles feules,
ne voyent leurs enfans qu'avec
des yeux d'indignation ! Elles
les regardent, ces indignes ma-
râtres, comme des argus infup-
portables toujours difpofés à les
expier, & à déceler leur conduite. Qu'elles fe reprochent fouvent

vent de leur avoir donné le jour !
qu'elles maudiffent l'inftant où elles y ont coopéré ! elles mettent
tout en œuvre pour les éloigner,
les voyes les plus extrêmes , &
réfervées aux grands crimes, leur
paroiffent permifes. Encore les
cruelles qu'elles font en cuvrant
leur injuftice du prétendu dérangement de leurs enfans, trouvent-
elles le moyen d'en impofer, & de
faire envifager comme zele pour
la vertu, la tyrannie la plus barbare. Meres cruelles, fouffrez que
je vous le dife , la nature vous a
donné des droits, j'en conviens;
ils font facrés, je le veux; mais ils
ont des bornes, la nature même re-
clame contre l'abus que vous en
faites, elle détefte la tyrannie que
vous exercez.

Eglé

Eglé estimable à tous égards, me fournit une exemple de vos dure-tés; elle étoit digne d'une autre mere que celle que le fort lui a donné; elle avoit vû croître ses feux fous ses yeux; elle les avoit approuvés, elle la flattoit d'un pro-chain hymen, c'est précisément à l'instant qu'Eglé croit toucher à son bonheur que fa mere lui fait essuyer le traitement le plus rigou-reux. S'il vous reste un peu d'hu-manité, fa Lettre fera pour vous une sçavante leçon, peut-être ne lirez-vous pas, fans frémir, le dé-tail d'une partie de fes malheurs.

Eglé à Erafte.

„ Lorsqu'au fonds d'un noir
„ cachot, que le jour n'éclaira ja-
„ mais, fur un lit trempé de lar-
„ mes,

,, mes , je gémis des duretés d'u-
,, ne mere barbare; que fais-tu,
,, mon cher Erafte? A quoi pen-
,, fes-tu? Abufé par les fauffes
,, tendreffes de mes parents, tu es
,, peut-être au fein des plaifirs, ou
,, au moins dans une douce tran-
,, quillité. Mais, non! Je te fais u-
,, ne injuftice, mon abfence préci-
,, pitée t'aura caufé les plus vives
,, allarmes, mille foupçons t'au-
,, ront fucceffivement agité, & tu
,, travailles, fans doute, à découv-
,, rir le trifte afile que j'habite.

,, Le jour ne commençoit qu'à
,, paroître, mon cher Erafte, lorf-
,, que ma mere, ou plutôt ma ma-
,, râtre, vint d'un air fort fatisfait,
,, en me tirant d'une douce rêve-
,, rie où tu n'avois pas peu de part,
,, m'annoncer qu'un de mes on-
,, cles

„ cles nous envoyoit chercher
„ pour paſſer quelques jours à
„ ſa campagne. Cet artifice réuſ-
„ ſit au mieux à ma mere, je me
„ levai ſans la moindre défiance,
„ je m'habillai le plus prompte-
„ ment qu'il me fut poſſible. J'é-
„ tois prête à partir que tous nos
„ arrangemens n'étoient point
„ encore finis ; ma mere ayant
„ enfin mis ordre à tout, nous par-
„ tîmes: à peine fûmes-nous, au-
„ tant comme j'en puis juger, vers
„ le bout du Fauxbourg Saint
„ Marceau, que notre Cocher ar-
„ rêta vis-à-vis d'une porte gril-
„ lée; je demandai à ma mere ſi
„ nous étions déja arrivées. Non,
„ me dit-elle, je connois la Supé-
„ rieure de ce Couvent, c'eſt une
„ de mes anciennes amies, & je me
„ re-

,, reprocherois de ne point lui
,, rendre visite, puisque je me trou-
,, ve dans son quartier. Tout ce-
,, la fut dit, mon cher Eraste, avec
,, un air de sincérité auquel tout
,, le monde se seroit laissé prendre.
,, Nous descendons de voiture,
,, ma mere fait demander la Supé-
,, rieure, qu'elle avoit sans doute
,, prévenue de longue main, elle
,, ne se fit point attendre. Ces pré-
,, tendues amies se firent mille
,, protestations d'amitié, mille bai-
,, sers furent donnés, & mille bai-
,, sers furent rendus. La porte
,, bien fermée, ma mere quitte
,, tout-à-coup cet air de sérénité
,, qu'elle avoit eu jusqu'alors, &
,, se tournant vers moi, les yeux
,, étincelans de colere, me tint ce
,, discours effrayant, dont le récit
,, me

,, me tire encore des larmes. Ma-
,, demoiselle, me dit-elle, il y a af-
,, fez long-temps que vous me
,, caufez les chagrins les plus cui-
,, fans, je vous ai en vain fait con-
,, noître que vos liaifons avec ce
,, Monfieur Erafte me déplai-
,, foient, vous avez méprifé mes
,, repréfentations; vos caprices,
,, vos fantaifies ont été vos feuls
,, guides: eh bien! vous allez a-
,, voir tout le temps de vous en
,, repentir, peut-être que quelques
,, années de prifon vous ouvri-
,, ront les yeux, & vous feront
,, fentir que vous auriez dû être
,, plus docile: enfuite, en adreffant
,, la parole à la Supérieure, & vous
,, Madame, je vous confie cette
,, petite rebelle; que le plus noir
,, cachot s'ouvre pour elle; qu'on
,, ne

„ ne lui donne que la nourriture
„ la plus groffiere; qu'elle ne re-
„ çoive aucune vifite: elle eft in-
„ digne de voir le jour.   Repo-
„ fez - vous fur moi, reprit la Su-
„ perieure, du foin de ramener
„ Mademoifelle dans le chemin
„ de la vertu; vous ne pouvez
„ la mettre en de meilleures
„ mains, je remplirai moins le
„ devoir de mon état, que ceux
„ de l'amitié.   Si j'euffe confer-
„ vé la connoiffance, mon cher
„ Erafte, il m'eut été facile de de-
„ voiler toute l'inhumanité de ma
„ mere; je n'aurois eu befoin que
„ de faire valoir l'approbation
„ qu'elle avoit donnée aux vifites
„ que tu me rendois, la pureté de
„ tes fentimens & des miens, &
„ de lever le voile dont elle cou-
                              „ vroit

„ vroit le . plus fordide intérêt,
„ peut - être même les vûes les
„ plus criminelle; mais fes repro-
„ ches inattendus me plongerent
„ dans un tel abattement, que je
„ n'y répondis que par des fou-
„ pirs; ma vuë fe troubla, je pa-
„ lais , tout mon corps devint
„ tremblant, je voulus repliquer,
„ & je n'articulai que des fons
„ fans fuite; je voulus faire quel-
„ que pas pour m'échapper, &
„ mes jambes chancelantes s'y re-
„ fuferent ; j'entendis auffi - tôt
„ le bruit des funeftes vérouils,
„ la porte fatale s'ouvrit , deux
„ Guimpes me prennent fort offi-
„ cieufement par les bras, & me
„ traînent dans ce fombre réduit
„ d'où je t'écris. Voilà, mon cher
„ Erafte, l'état où m'a plongée
                              „ mon

,, mon penchant pour toi : n
,, crains point des reproches a
,, mers; fi je fouffre c'eft moin
,, de me voir privée de la lumiè
,, re que de ta préfence. Ma pri
,, fon, toute hideufe, toute hor
,, rible, toute infernale qu'elle eft
,, cefferoit de l'être fi tu pouvoï
,, t'y tranfporter; travaille à m
,, délivrance, & foit certain qu
,, je ne reverrai au monde qu
,, toi feul avec plaifir. Adieu, j
,, t'embraffe mille & mille fois..

F I N.

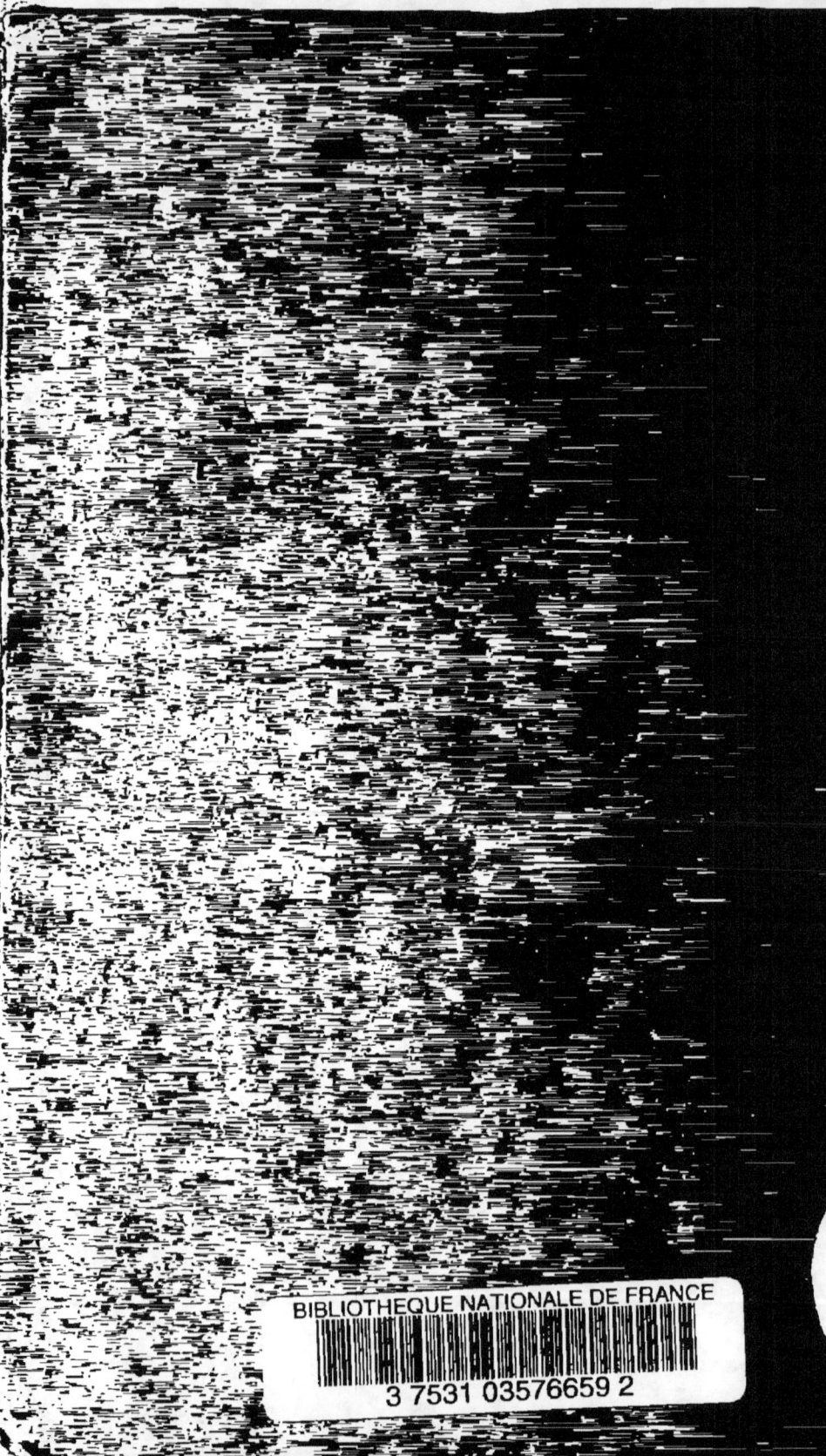